Das Buch

Martin ist Lehrer, der nicht weiß, ob er weiter Lehrer sein will oder nicht. Um diese Lebensfrage zu entscheiden, ist er nach Griechenland gegangen, wo er Kristine trifft, die im antiken Olympia als Fremdenführerin arbeitet. Ihm sind in der Lebensmitte die Begründungen für Tun und Lassen weggerutscht. Sie, die zwanzig Jahre Jüngere, scheint ohne viel Begründungen auszukommen. Ein ungleiches Paar, das sich, einander bedrohlich korrigierend, verbirgt an einem Ort, wo die alltäglichen Gesetze des Zusammenlebens für einen heißen Sommer lang nicht gelten sollen. Ein Liebes-Spiel beginnt, eine Klausur für Mann und Frau unter der Herrschaft des arkadischen Mittags und seiner plötzlichen Schrecken.

Der Autor

Botho Strauß, am 2. Dezember 1944 in Naumburg/Saale geboren, war Redakteur, Theaterkritiker und später dramaturgischer Mitarbeiter an der Schaubühne am Halleschen Ufer. Lebt in Berlin. Weitere Werke: ›Marlenes Schwester‹ (1975), ›Trilogie des Wiedersehens‹ (1976), ›Die Widmung‹ (1977), ›Groß und klein‹ (1978), ›Rumor‹ (1980), ›Paare, Passanten‹, ›Kalldewey Farce‹ (1981), ›Der Park‹ (1983), ›Der junge Mann‹ (1984), ›Diese Erinnerung an einen, der nur einen Tag zu Gast war‹ (1985), ›Niemand anderes‹ (1987).

Botho Strauß:
Die Fremdenführerin
Stück in zwei Akten

Deutscher
Taschenbuch
Verlag

dtv

Von Botho Strauß
sind im Deutschen Taschenbuch Verlag erschienen:
Marlenes Schwester (6314)
Die Widmung (10248)
Paare, Passanten (10250)
Kalldewey Farce (10346)
Der Park (10396)
Trilogie des Wiedersehens/Groß und klein (10469)
Rumor (10488)
Die Hypochonder/Bekannte Gesichter, gemischte Gefühle (10549)
Der junge Mann (10774)

Ungekürzte Ausgabe
September 1988
Deutscher Taschenbuch Verlag GmbH & Co. KG, München

ISBN 3-446-24497-8
Umschlaggestaltung: Celestino Piatti
Umschlagbild: Dieter Hacker
Gesamtherstellung: C.H. Beck'sche Buchdruckerei, Nördlingen
Printed in Germany · ISBN 3-423-10943-2

Die Fremdenführerin

Personen

Die Fremdenführerin
Der Lehrer

Ein junger Mann } *(stumm)*
Eine Frau }

Akt 1

I

Im Stadion von Olympia. Es treten auf:
KRISTINE, *eine junge Frau; die Fremdenführerin mit dem Sichtausweis an der Brusttasche ihrer Bluse.*
MARTIN, *etwa 45 Jahre alt.*

KRISTINE
Sehen Sie nach, ob da noch ein anderer kommt.
MARTIN *blickt zurück in den Durchgang*
Nein. Niemand anderes.
KRISTINE
So. Am Ende unseres Rundgangs angelangt, erstreckt sich vor unseren Augen das Stadion von Olympia. Für den Menschen des klassischen Altertums war dieser Ort der Inbegriff des höchsten Ruhms. Nach den Sportlern, die hier beim Wettlauf siegten, wurden nicht nur die Olympiaden benannt und sie gingen damit in die offizielle Geschichtszählung ein, sondern ihr Ruhm war sogar so groß, daß man sie den unsterblichen Göttern gleichstellte.
Beachten Sie zunächst die überwältigende Einfachheit der gesamten Anlage. Sie sehen, wie harmonisch sie an ihre natürliche Umgebung angepaßt ist. Die Böschungen an allen vier Seiten sind durch gewaltige Erdanschüttungen entstanden und sie dienten als Zuschauertribünen.
Auffallend ist das Fehlen jeglicher Sitzgelegenheiten, etwa von steinernen Treppen, wie man sie von anderen vergleichbaren Festorten kennt. Das Stadion faßte bis zu 40 000 Zuschauer, und es muß auf den Wällen oft ein furchtbares Gedränge geherrscht haben. Die Spiele fan-

den regelmäßig alle vier Jahre mitten im Sommer während der Hundstage statt. Dies geschah aus kultischen Gründen, denn die Olympiaden sind aus religiösen Feierlichkeiten hervorgegangen, zu Ehren des Gottes Zeus Olympios. Es war also entsetzlich heiß. Kopfbedeckungen durften wegen der Sichtbehinderung nicht getragen werden. Man kann sich vorstellen, daß die fünf Festtage von Olympia auch für manche Zuschauer zur Strapaze wurden.

Erwähnenswert ist noch, daß Frauen weder als Zuschauerinnen noch als Athletinnen an den Wettkämpfen teilnehmen durften. Ihre Anwesenheit auf dem Festgelände war sogar bei Todesstrafe verboten. Als einzige verheiratete Frau wohnte die Priesterin der Demeter den Wettkämpfen bei. Sie sehen links unten am Wallfuß der nördlichen Begrenzung die Reste eines Marmor-Postaments, auf dem sie ihren Sitz hatte. Direkt gegenüber auf dem Südwall können Sie die Reste der Kampfrichtertribüne erkennen. Dies waren die einzigen Sitzplätze im Stadion, die von zehn bzw. zwölf Juroren eingenommen wurden.

Vor uns – wenn Sie etwas näher kommen wollen – können Sie die guterhaltenen Teile der westlichen Zielschwelle betrachten. Der einfache Stadionlauf, die älteste und wichtigste olympische Disziplin, wurde im Osten gestartet und die Läufer liefen in Richtung des Heiligen Bezirks. Die Länge der Laufstrecke betrug genau 192 Meter und 28 Zentimeter. Das war ein feststehendes Maß, eine Stadie, die Länge eines einfachen Stadionlaufs. Der Doppellauf erfolgte in umgekehrter Richtung und maß zwei Stadien, einmal hin und zurück. Dies entspricht in etwa unserem modernen

400-Meter-Lauf. Hierbei diente die Zielschwelle als Startlinie. Sie sehen deutlich die in die Kalksteinplatten eingekerbten Rillen, die den Füßen beim Abstoß Halt boten.
Die Läufer traten nackt zum Wettkampf an. Beim Start standen sie auf der Schwelle in leicht vorgeneigter Haltung, die Arme nach vorne gehoben (*sie macht es vor*), der hintere Fuß auf ganzer Sohle, der vordere in der Ferse leicht gehoben. Den heute üblichen Tiefstart kannte man damals noch nicht. Das Startsignal wurde durch einen Trompetenstoß gegeben. Ein Frühstart wurde durch Rutenschläge bestraft. Sieger war, wer als erster durchs Ziel lief. Rekorde wurden nicht gemessen.

MARTIN

Womit auch?

KRISTINE

Außer den beiden Kurzstreckenläufen gab es als einzige Langstrecke die Distanz über 24 Stadien, was in etwa unserem 5000-Meter-Lauf entspricht.

MARTIN

Die einzige Langstrecke, Sie meinen: außer dem Marathon?

KRISTINE

Den Marathonlauf kannte man im Altertum noch nicht. Der Marathon ist eine moderne Wettkampfform. Wenn Sie noch Fragen haben, stehe ich Ihnen später gern zur Verfügung. Seine höchste Entwicklungsstufe erreichte der antike Sportgeist in der Ausgestaltung des sogenannten Fünfkampfs. Hierfür waren ein hohes Maß an technischem Können sowie viel Kraft, Ausdauer und Schnelligkeit erforderlich. Die fünf Übungen umfaßten die technischen Disziplinen Diskuswurf, Standsprung und Speerwurf. Sodann die Leistungskämpfe im einfachen Stadionlauf und im Ringen.

MARTIN

Entschuldigen Sie – Sie brauchen nicht so vor Publikum zu reden. Ich bin ja nur einer. Nicht so laut. Verstehen Sie?

KRISTINE

Ja, mach ich ... Erwähnenswert ist noch ... Also, wir waren beim Fünfkampf –

MARTIN

Es würde mich zum Beispiel interessieren: wurden eigentlich in Olympia auch geistige Wettkämpfe ausgetragen? Ich meine, diese Sänger- und Dichter-Wettstreite wie in Delphi oder Athen?

KRISTINE

Geistige Wettkämpfe, meinen Sie ... Da bin ich momentan überfragt.

Mein – mein Bruder könnte Ihnen die Frage leicht beantworten. Der ist nämlich Archäologe. Ich mache das hier nur zur Aushilfe. Denn der ist krank zur Zeit.

MARTIN

Sie studieren noch?

KRISTINE

Ich nicht, nein.

MARTIN

Was machen Sie, wenn ich fragen darf?

KRISTINE

Ich? Och, kommt ganz drauf an.

Ich habe Goldschmiedin gelernt.

MARTIN

Goldschmiedin. Wie schön.

Entschuldigen Sie – ich wollte Sie nicht in Verlegenheit bringen.

KRISTINE

Nein. Tun Sie nicht. Ich sage Ihnen ja: ich muß Geld verdienen.

Pause

Was denken Sie jetzt über die Griechen, nachdem Sie die ganze Führung mitgemacht haben?

MARTIN

Was ich denke? Oh, ich denke, die Griechen waren von Ruhmsucht zerfressen. Ich denke, viele von ihnen waren außergewöhnlich eitle und hochmütige Menschen. Unerträgliche Angeber.

KRISTINE

Glauben Sie?

Vielleicht habe ich Ihnen einen falschen Eindruck vermittelt.

MARTIN

Ach, das können Sie schon bei Plutarch lesen.

KRISTINE

Wo bitte les ich das?

MARTIN

Plutarch. Über große Männer.

KRISTINE

Hat der über die Spiele geschrieben?

MARTIN

Sie haben mir einen langen Vortrag über Olympia gehalten, Sie wissen hier beinah zu jedem Stein etwas Interessantes zu erzählen. Sie wollen mich doch jetzt nicht fragen, wer Plutarch war?

KRISTINE *lacht*

Ich kenne ihn wirklich nicht!

MARTIN

Ich hatte einen Schüler in der Klasse, der machte Abitur mit 1,3. Aber Mörike kannte er nur als Straßennamen.

KRISTINE

Was ist los? Sind Sie Lehrer?

MARTIN

Natürlich bin ich Lehrer. Natürlich.
Was denn sonst?

KRISTINE

Ich dachte mir's schon. Die Lehrer fragen immer diese typischen Fragen dazwischen.

MARTIN

Nicht nur das: sie riechen auch immer nach Bohnerwachs. Sie haben dauernd Ferien und trinken zuviel provenzalischen Landwein. Warten Sie. Ich muß mich einen Augenblick setzen. Mir ist ein bißchen flau in den Kniekehlen. Wahrscheinlich der rasche Klimawechsel. Ich bin gestern erst angekommen.

KRISTINE

Wenn Sie abends noch tanzen können, ist es mir egal, wie betrunken Sie sind.

MARTIN

Ich bin nicht betrunken!
Wieso?
Wo kann man denn hier tanzen?

KRISTINE

Oh, man kann die ganze Nacht durch tanzen, wenn man will.

MARTIN

Es ist ziemlich heiß. Finden Sie nicht?

KRISTINE

Denken Sie drüber nach. Es wird noch viel heißer.

Wir haben erst Anfang Mai.
So. Möchten Sie jetzt endlich den Fünfkampf hören?

2

Ein Raum in einem Ferien-Bungalow. Blick vom Vorgarten durch die offene Glasfront. Morgens. MARTIN *halb angezogen auf dem Bettrand.* KRISTINE *steht vor ihm.*

MARTIN
Kommst du wieder?
KRISTINE
Ich weiß nicht. Vielleicht.
Kann ich telefonieren?
Sie wählt.
Hallo. Ich bin's . . . Nein . . . Erzähl ich dir später. Gut, dann schlaf weiter.
Sie legt auf.
Ich habe jemanden kennengelernt, weißt du.
Ich glaube, ich habe mich furchtbar verliebt.
MARTIN
Ja?
KRISTINE
Es kann sein, daß das eine lange und schwierige Geschichte wird. Davor habe ich Angst.
MARTIN
Warum glaubst du wird es schwierig?
KRISTINE
Weil es ein sehr schwieriger Mensch ist. Ein sehr lieber.

MARTIN
Von wem sprichst du?
KRISTINE
Er hat uns alle durchschaut. Er hat, von uns aus, als einziger noch einmal dahintergeblickt. Was hinter dem Mensch-Sein ist.
MARTIN
Wie kannst du mit mir schlafen,
wenn du in jemand anderen verliebt bist?
KRISTINE
Das hat etwas mit ihm zu tun.
Ich kann es dir nicht erklären.
MARTIN
Ich glaube nicht, daß es diesen anderen gibt.
Oder aber du sprichst von mir.
KRISTINE
Ich muß gehen. Auf Wiedersehen, Lehrer.
MARTIN
Kannst du nicht bleiben, nur heute noch?
KRISTINE
Dräng mich nicht. Bitte.
Es ist alles noch so neu für mich.
Wir sind uns noch so neu.
MARTIN
Wer?!
KRISTINE
Schrei nicht. Ich war gern mit dir.
Es war gut so.
MARTIN
Du bist kalt. Du bist sehr sorglos.
KRISTINE
Das kannst du nicht sagen. Das weißt du nicht. Ich bin

nicht kalt – ich will das nicht mehr hören! – ich bin nicht kalt, wenn ich mich einem anderen Menschen wirklich öffne.

MARTIN

Hast du mich nicht umarmt?
Hast du mich nicht gewollt?

KRISTINE

Aber ich kenne dich doch gar nicht!

MARTIN

Geh!
Komm wieder!

3

Am selben Ort. Tage später. KRISTINE *kommt über den Vorgarten.*

MARTIN

Hej, Fremdenführerin. Wie geht das Leben?
Suchst du wieder jemand zum Tanzen?

KRISTINE

Das Leben ist rund. Man rutscht überall runter.
Kann ich ein Bad bei dir nehmen?
Pause
Ich dachte, du wolltest mich wiedersehen.

MARTIN

Sprich nicht so sorglos, Kristin.

KRISTINE

Ich – sorglos? Wie kannst du so etwas sagen?

MARTIN
Wo bist du gewesen? Hast du keine Führungen gehabt in den letzten Tagen?
KRISTINE
Nein. Ich konnte nicht weg. Ich kann nicht mehr. Ich habe keine Kraft mehr.
MARTIN
Du warst bei ihm die ganze Zeit?
KRISTINE
Es geht ihm sehr schlecht. Der Arzt war da.
Der zittert. Der kann das Glas nur noch mit beiden Händen fassen, der hat immer einen trockenen Mund. Der hat gelebt. Es gibt nichts zu lachen, wenn einer am Ende ist. Er trinkt. Er ist krank. Und ich kann ihm nicht helfen. *Sie weint.* Er ist noch ganz jung. Er ist ein Genie. Er könnte alles machen. Er spricht sechs Sprachen fließend. Er kann ganze Bücher auswendig. Er ist Archäologe. Er hat immer die Führung gemacht, die ich jetzt mache.
MARTIN
Hast du nicht gesagt: dein Bruder –?
KRISTINE
Ja. Stimmt nicht. Er ist es.
Kann ich telefonieren?
MARTIN
Bitte nicht.
Sieh mich an. Sei vorsichtig.
Du mußt vorsichtiger sein mit Menschen.
KRISTINE
Bin ich. Ich bin vorsichtig. Ganz bestimmt.
Pause
MARTIN
Warum bist du wiedergekommen?

Kristine

Ich möchte dich kennenlernen. Du hast mich neugierig gemacht. Ich habe soviel Verständnis gespürt das erste Mal, soviel Wärme.

Martin

Hör zu: ich bin selbst in keiner guten Verfassung. Es liegt mir gar nichts daran, mit einem neugierigen Mädchen Katz und Maus zu spielen. Ich bin hierhergekommen, um zu einer Entscheidung zu finden. Ich habe eine ziemlich unangenehme Zeit hinter mir.

Kristine

Eine Trennungsgeschichte?

Martin

Nein.

Kristine

Na ja. Ich mache auch gerade so etwas durch.
Der Mann, mit dem ich zusammen bin, trinkt.

Martin

Ich denke, du hast dich gerade erst in ihn verliebt.

Kristine

Ich *bin* verliebt! Aber ich muß da wieder raus. Es geht sowieso nicht. Er macht mich und sich kaputt. Da kannst du wenig tun. Du siehst zu, wie sich einer langsam aber sicher umbringt.

Martin

Auch auf die Gefahr, dich zu langweilen: bei mir geht es um etwas anderes. Es geht darum, ob ich in meine Schule zurückkehren werde oder nicht. Ob ich weiter Lehrer sein will oder nicht.

Kristine

Ah, Lehrer bist du!

MARTIN

Hast du's schon vergessen?

KRISTINE

Nein, hatte ich nicht vergessen. Ich dachte nur – sind denn schon Ferien jetzt?

MARTIN

Ich habe mir ein halbes Jahr frei genommen zum Nachdenken.

KRISTINE

Was unterrichtest du?

MARTIN

Französisch und Geschichte.

KRISTINE

Macht es dir Spaß?

MARTIN

Ob es mir Spaß macht? Ha! Da ist es wieder, das trübe Zauberwort! Die Schule soll Spaß machen, der Unterricht m u ß Spaß machen. Ein Spaßmacher soll ich sein vor meiner Klasse! Soll ich mehr Spaß bringen, damit ein Siebzehnjähriger nicht zum zweiten Mal versucht, aus dem zehnten Stock zu springen? Was soll ich tun? W o h i n erzieh ich meine Kinder? Für welche Welt, gegen welche Welt? Ich weiß es nicht mehr. Wir versuchen, ihnen die Verzweiflung auszu r e d e n. Aber es gibt kein Leben ohne Verzweiflung, und wir haben nicht gelernt zu trösten.

KRISTINE

Ja, da kommt vieles zusammen. Oje. Wie wahr. Du hast dir gesagt: leg ich erst mal eine Denkpause ein, bevor mir alles aus der Hand fällt. Das finde ich gut.

MARTIN

Vernünftig sein! Vernünftig. Jawohl, daran halte ich

fest. Ich weiche keinen Schritt zurück. Ich liebe das Argument, ich hasse die Strafe. Nun gut. Weil mir manches schiefging, dachte ich, ich sollte eine Zeitlang zu den Quellen gehen, dorthin, wo unsere Ideenwelt entstanden ist. Wo ursprünglich alles heiter und gerade war. Harmonisch. Vernünftig. Einfach nur die Quellen spüren, die Elemente spüren.

KRISTINE

Ich glaube, daß es mir mit dir gelingen könnte, ein tiefes Verständnis, ein reifes Verstehen gegenseitig. Das ist eigentlich ein uralter Kinderwunsch in mir.
Ich müßte dringend mal telefonieren . . .

MARTIN

Kristin, einen Augenblick: was willst du von mir?

KRISTINE

Läßt du mir ein Bad einlaufen?

MARTIN

Wozu dient das Ganze? Du interessierst dich nicht für mich. Du benutzt mich für irgendetwas, das ich nicht durchschaue.

KRISTINE

Gib mir Zeit, Lehrer.
Ich komme zu dir. Nur jetzt noch nicht.
Ich weiß ganz genau, daß ich eines Tages zu dir gehören werde. Warte auf mich. Ich komme bestimmt.

4

Vor dem Haus. Kristine *kauert neben ihrem Freund, der reglos am Boden liegt. Ein bestickter Beutel hängt um seine Schulter.*

Martin *tritt aus dem Haus*
Was tust du hier?
Warum schleppst du den Burschen vor mein Haus?

Kristine
Ich hab ihn nicht hergeschleppt.
Ich wollte zu dir. Er ist mir nachgelaufen.

Martin
Weck ihn auf. Schick ihn fort.

Kristine
Er kann nicht. Er ist hinüber.
Hilf mir. Wir tragen ihn ins Bett.

Martin
In welches Bett?
Nein, Kristin: das ist nicht dein Ernst . . .
Deinen dreckigen Bacchus willst du in mein Bett legen?

Kristine
Spotte nicht! Geh einen anderen Weg!
Er ist schön. Er ist ein so schöner Mensch.
Du weißt ja nicht, was dem durch den Kopf schießt, worauf er kommt, auf was für Ideen, wenn der frei in die Höhe steigt. Ganz groß, ganz groß. Obwohl es schwer zu ertragen ist. Ein Kopf wie ein Universum. Er reißt die Arme hoch und du wirst mitgerissen, ob du willst oder nicht. Aber plötzlich ist er voll. Plötzlich kippt er um, mitten im Strom der Dinge. Vassili, sie lieben dich, weil du ein armer Riese bist. Ein geknickter. Ein Riese,

den man nämlich beschützen möchte. Warum hat er's bloß so leicht? Dem passiert nie etwas. Er versäumt, vergißt, verrät, vernachlässigt sich und andere, er lügt, er redet sich heraus, er liebt sich heraus. Alle wollen ihn haben, aber ich hab ihn bekommen. Die Frauen schwirren ihn an, die Männer und Kinder, sogar die Tiere laufen ihm zu, sie schnurren, winseln, kratzen und schnattern, alle Kreatur wird weich, wenn er kommt, alle Kreatur verliert ihren Stolz. Ihr Desinteresse. Ihre Rücksichtslosigkeit.

MARTIN

Dein Freund ist krank. Das ist alles. Einer von vielen, die es erwischt hat. Einer von vielen, die jung sind und nirgends einen Halt finden.

KRISTINE

Ja, er ist krank.
Er liegt da, und ich muß ihn halten.

MARTIN

Mir scheint, das Bild trügt. In Wahrheit liegst wohl du ihm zu Füßen. Du bist ihm hörig.

KRISTINE

Quatsch.

MARTIN

Sag nicht Quatsch zu mir.

KRISTINE

Ich helfe dem, dem es dreckig geht.
Ich habe das gelernt, einem Menschen die Stirn halten, wenn er kotzen muß. Wer mich nicht rührt, den lieb ich nicht. Ich lieb nicht das Starke; ich lieb das, wofür einer nichts kann.

MARTIN

Wenn du das so genau weißt, dann laß mich bitte in

Frieden. Ich bin hier kein Nistplatz für anderer Leute Leidenschaften.

KRISTINE

So beherrscht wie du bist! Machst du denn niemals kleine Fehler? Fällst du nicht auch mal in den Dreck?

MARTIN

Macht, daß ihr fortkommt. Beide.

KRISTINE

Gut, gut. Dann geh ich eben.
Dann zerr ich ihn allein nach Haus.
Hier kann er nicht liegenbleiben. Es wird bald kalt.

MARTIN *sieht ihr einen Augenblick lang zu. Dann geht er zu ihr und packt sie bei den Schultern.*

MARTIN

Hör zu, kleine Person! Ich habe genug von diesen jungen Idioten, die alles dafür tun, sich und andere ins Unglück zu stürzen. Ich habe genug von euch! Ich bin nicht hierhergekommen, um in eine nächste traurige Geschichte verwickelt zu werden.

KRISTINE

Keine Sorge. Ich werde schon loskommen von ihm. Ich muß. Ganz einfach. Und ich weiß auch, daß mir das gelingt.

MARTIN

Du weißt gar nichts. Du merkst nicht einmal, wie du dich selbst betrügst. Du bist vollkommen abhängig von ihm. Du besitzt längst keinen eigenen Willen mehr.

KRISTINE

Ich muß ihm doch helfen! Irgendjemand muß ihm doch helfen. Die Unruhe, diese fürchterliche Unruhe, die ihn in Fetzen reißt. Er hält's nicht aus, daß sich die Erde dreht. Das Um-und-Um der Erde, das Drauf-und-Drüber der Sonne. Er kann nicht mehr vor die Leute treten und sagen, hört mal, das ist früher und das ist später, das sind die Griechen, das die Römer. Er schmeißt alles um. Er kann die Führungen nicht mehr machen.

Martin

Warum kümmert sich seine Familie nicht um ihn?

Kristine

Kümmert sich ja. Was sollen sie tun?
Er ist der Sohn des Dirigenten.

Martin

Wie?

Kristine

Dirigent. Einer, der dirigiert. *Sie deutet es mit den Armen an.* Ein Chefdirigent, glaube ich.

Martin

Gut. Es ist spät, Kristin. Ich möchte noch einen kleinen Gang ins Dorf machen.

Kristine

Wir müssen ihn erst ins Bett bringen.

Martin

Willst du mich zum Narren halten? Merkst du eigentlich nicht, daß du einen Schritt zu weit gehst? Willst du mir zumuten, daß ich mich neben deinen betrunkenen Liebhaber ins Bett lege, oder wie denkst du?

Kristine

Du kannst mit zu mir kommen,
wenn du willst.

5

Am nächsten Morgen. Hinter der Glasfront sitzt Vassili kaum bekleidet auf der Bettkante. Er kramt aus seinem Beutel Zigaretten und eine kleine Flasche Schnaps. KRISTINE *kommt von rechts durch den Vorgarten. Vassili steht auf und stellt sich hinter die Scheibe.* KRISTINE *fährt mit beiden Händen über das Glas und gleitet langsam auf die Knie.*

6

Später im Haus. Vassili verschwindet ins Bad. KRISTINE *kommt von dort mit seinen gewaschenen Kleidern, die sie draußen auf einem Stuhl ausbreitet.*
Ohne zu wissen, was sie tun soll, greift sie zum Telefon und wählt.

KRISTINE
Hallo? Ich bin's, Kristine ... Nein, wollte bloß guten Tag sagen. Wie geht's euch denn? ... Gut, gut. Sag mal, ist Antonio da? ... Hm ... Verstehe ... Ruf ich – ruf ich später noch mal an. Nein, ist in Ordnung. Grüß ihn.
Sie wählt sofort eine nächste Nummer.
Lisa? *auf griechisch* Kann ich bitte Elisabeth sprechen? ... *Sie wartet; dann wieder auf deutsch.* Na? ... Solange du mir dein Verhalten nicht erklären kannst – werd ich wohl un-an-sprechbar – bleiben ... Ja, schon gut. Ich habe dich angerufen, stimmt ja. Ich dachte, vielleicht erfahr ich was Neues. Irrtum. Leider ... Ach, hör auf! Ich kann das Gewäsch nicht mehr hören! Du

weißt ganz genau, daß er in solchen Situationen ... Vassi hat es mir doch selbst erzählt! ... Hm. Vielen Dank. Gleichfalls. *Sie wirft den Hörer auf.* Krähe.
Erneutes Wählen. Sie spricht griechisch.
Ja, hier Kristine Richter. Ich hätte gern einen Termin bei Frau Dr. ... Nächste Woche? Wann? ... Freitag, fünfzehn Uhr? Danke.

Erneutes Wählen. Niemand meldet sich. Sie blickt auf ihre Armbanduhr ... Die Haustür wird aufgeschlossen. MARTIN *kommt herein.*

MARTIN
Kristin! Ich habe dich überall gesucht ... Wo warst du?
KRISTINE
Du hast noch geschlafen, als ich fortging.
Er geht zu ihr, umarmt sie.
MARTIN
Oh Liebe, ich habe dich vermißt ...
KRISTINE
Ich dich auch.
MARTIN
Ich wollte doch aufwachen neben dir. Dein Haar küssen, deine Schulter ...
KRISTINE
Ich dachte, ich werde jemand sein, der dich glücklich macht und dann ganz schnell verschwunden ist. Nur einmal richtig anfassen und du bist froh für eine lange Zeit.
MARTIN
Ich bin froh. Sehr froh. Denn jetzt beginnt die Geschichte von Martin und Kristin. Unwiderruflich. Zu spät, um sich's noch anders zu überlegen.

Kristine
Ich will nicht trauern, ich will nicht weinen.
Verstehst du?

Martin
Warum sagst du das?

Kristine
Ich hab schließlich schon erlebt, daß man sich sehr weh tun kann.

Martin
Du bist Kristine, mit der ich lange gehen möchte.

Kristine
Aber wer bin ich wirklich?

Martin
Du bist die und die. Du bist der-die-das.
Genauer wirst du nicht mehr danach fragen.
Man will doch alles von sich geben,
man will ganz langsam niemand werden.

Kristine
Oder man liebt sich leer. Dann wird es schlimm.

Martin
Warum sprichst du so mutlos?
Hast du vergessen, was geschehen ist?

Kristine
Ich hab nichts vergessen. Aber ich glaube eben, daß es für mich eine ganz andere Bedeutung hat als für dich.

Martin
Hör zu: ich bin mehr als zwanzig Jahre älter als du. Manch einer würde sich an den Kopf greifen und sagen, das kann doch niemals gutgehen. Die Affäre von Olympia, nun ja, mehr nicht und dabei soll es bleiben. Wenn Erfahrung und Verstand allein das Sagen hätten. Nur,

dagegen spricht: ich hatte nie Affären und werde niemals welche haben.

KRISTINE

Das weiß man doch nie.

MARTIN *indem er sich abwendet, um ins Bad zu gehen*

Ich weiß es wohl.

KRISTINE

Erschrick nicht. Vassili nimmt gerade ein Bad.

MARTIN

Wer nimmt –?

KRISTINE

Aber er war hier – du wußtest es doch!

MARTIN

Bist du wahnsinnig geworden, Kristine?

KRISTINE

Ich weiß nicht, was du hast.

MARTIN

Du triffst dich mit ihm in meinem Haus. Bist du gemein? Bist du schlecht? Mein Gott! Was tust du?
Schmeiß ihn raus. Sofort. Hast du mich verstanden?!

KRISTINE *klein*

Ja.

MARTIN *geht vors Haus, nimmt die Kleidungsstücke des Jungen, schleudert sie gegen Kristine.*

KRISTINE

Du kannst doch bei mir auch alles benutzen, was ich hab. Ich verstehe dich nicht.

7

Vor dem Haus. Früher Morgen. KRISTINE *schläft vor dem Fenster im Gras. Die Vorhänge sind zugezogen.* KRISTINE *erwacht, klopft gegen die Scheibe.*

KRISTINE
Martin! Martin! Aufstehen! Aufstehen . . .
Sie fällt wieder in Schlaf.

8

Vor dem Haus. Vorhänge aufgezogen. KRISTINE *kampiert im Gras. Trinkt mit Strohhalm aus einer Tüte.* MARTIN *tritt vor die Tür.*

MARTIN
Was willst du?
KRISTINE
Ich habe hier geschlafen. Sonst nichts. Niemand –
Laß mich doch zu dir. Ich weiß ja nicht, wo ich hin soll.
MARTIN
Geh. Verschwinde.
KRISTINE
Ich muß mit dir sprechen.
MARTIN
Hau ab!
Er greift nach einem Stein oder Grasbüschel.

KRISTINE
Du bist verrückt! Ich bin kein Hund!
Sie zieht ab.

9

Nachts. KRISTINE *sitzt auf dem Dach des Hauses und liest im Mondschein in einem Buch. Unten steht* MARTIN *hinter dem Fenster und raucht.*

10

Mittags. MARTIN *hinter dem Fenster.* KRISTINES *Lagerplatz umgeben von Essensresten und anderen Utensilien. Sie versucht, einen Brief durch die Türritze zu schieben. Es gelingt nicht.*

KRISTINE
Nur ein Brief! Nur ein Brief!
Ich habe dir einen Brief geschrieben, damit du dich nicht irrst. Damit du weißt, woran du bist. Nimm ihn, bitte ...
MARTIN *bleibt unbewegt.* KRISTINE *holt ein Töpfchen mit Honig, entfaltet den Brief und klebt ihn auf die Fensterscheibe. Dann entfernt sie sich.*

11

Im Haus. KRISTINE *überreicht* MARTIN *ein Sträußchen Praliné-Blumen.*

KRISTINE
Hundert Jahre Glück!

MARTIN
Danke. Wie hübsch.
Heute bist du froh.
So gelöst . . .

KRISTINE
Ja. Ich bin ganz glücklich.

MARTIN
Alles ändert sich so rasch. Ich kann es nicht begreifen.
Was geschieht mit mir? Wie leicht sag ich danke . . .
Bin ich schon so gewissenlos, daß ich mich nicht mehr gegen dich wehre? Der Ordentliche, der kracht . . .
Die klare Schönheit eines Arguments – verwischt. Verwischte Spuren, verwischte Gesichter, verwischte Geschichte.

KRISTINE
Wir haben Zeit. Viel Zeit.
Wir können über alles in Ruhe nachdenken.

MARTIN
Fremdenführerin, wohin führst du mich?

KRISTINE
Du mußt mir vertrauen. Dann geht alles leicht.
Gib deine Hand. Wir sind ein gutes Stückchen weitergekommen, Vassili und ich. Ich weiß jetzt, daß ich von ihm loskommen werde, und er weiß auch, daß das geschehen wird.
Es ist jetzt wie ein langsames Ausbluten.

Martin
Das ist gut für dich, Kristin.
Kristine
Ja. Es ist gut. Aber es ist auch sehr traurig.
Ich habe große Angst, plötzlich ganz allein dazustehen.
Martin
Hast du noch nicht allein gelebt?
Kristine
Nein. Eigentlich nicht. Eigentlich gab es immer jemanden.
Martin
Siehst du. Du bist verwöhnt, Leichtgewicht.
Kristine
Ich bin schon früh von zu Hause weg. Ich bin zu meinem Freund gezogen, als ich noch zur Schule ging.
Martin
Wie alt warst du?
Kristine
Vierzehn, als es anfing. Wir haben ja über drei Jahre zusammengelebt.
Martin
Wie Mann und Frau ...
Kristine
Na ja. Ich wollte nie so wie er wollte.
Es war auch sehr unbequem. Ich habe es nur wegen des Jungen getan. Den mochte ich sehr. Ich war ja noch ganz klein. Weißt du – die Geschichte mit Vassili hat nämlich noch einen Haken. Er muß sofort in eine Klinik. Das heißt: er muß sofort nach Deutschland zurück. Er kann nicht so weitermachen, das weiß er auch. Aber wir brauchen Geld für den Flug und wir

haben es nicht. Ich müßte also dringend circa tausend Mark besorgen.

MARTIN

Hm.

KRISTINE

Augenblicklich wüßte ich bloß nicht wie.

MARTIN

Du meinst, ich soll mir eure Trennung kaufen?

KRISTINE

Wie kannst du so etwas sagen?
Wie kann man nur so kleinlich denken!

MARTIN

Vielleicht denkst du dich mal in meine Lage.
Wer sitzt da letztlich neben mir? Erst mal nur eine kleine zugelaufene Person, die kommt und geht und wiederkommt, wie es ihr gerade paßt. Aber ich, ich weiß beim besten Willen nicht: was treibt die denn mit mir?

KRISTINE

Du weißt es nicht? Du weißt es nicht?
Nach allem, was gewesen ist, weißt du es nicht?
Ein trauriges Ergebnis. Ich zerreiße mich, ich fühl mich wahrhaftig in Stücke gerissen, ich weiß nicht mehr, wo ich hingehöre, und du redest mit mir so rüde . . . so unwürdig! Eine zugelaufene Person! Willst du mich verletzen? Dann geh ich lieber gleich.

MARTIN

Bleib!

KRISTINE

Du bist kein Lehrer. Du bist ein schlimmer Pedant. Ein Moralpriester. Ohne jedes aktive Mitleid. Ohne jedes ernste Interesse für andere Menschen.

MARTIN
Kristin, bitte, bleib!
Ich kann das Geld herbeitelegraphieren.
Ich kann dir einen Scheck ausschreiben.
Was möchtest du?

KRISTINE
Einen Scheck. Du mußt dir mal überlegen, was das für mich bedeutet, ich komm her und bin in einer Notlage, ich bettle dich an, jemanden, den ich umarmen will, auf den ich ganz offen zugehen möchte, und du tust alles dafür, daß ich mich schämen muß.

MARTIN
Du brauchst dich nicht schämen, Liebes.
Du sollst dich nur endlich entscheiden, was du willst und was du nicht willst.

KRISTINE
Es stellt sich ganz von selbst heraus, was ich will und was ich nicht will. Es ist sowieso alles Zufall. Wir haben uns zufällig getroffen. Zufällig ist etwas entstanden zwischen uns. Es ist zufällig, was man lernt und was man vergißt. Wollen zerstört bloß den Zufall.

MARTIN
Es ist schlimm. Ich liebe dich, und ich kann dich nicht erreichen. Du verstehst mich nicht. Oder du verstehst mich und beherzigst nichts.

KRISTINE
Du liebst mich nicht. Du willst mich furchtbar besser machen als ich bin. Du liebst mich nicht, du willst mich bloß verbessern. Verbesserst mich aber nicht.
Sie nimmt den Scheck, legt ihn auf den Nachttisch, streift ihre Armbanduhr ab, setzt sie darauf.
Ich bin nämlich kein Leichtgewicht.

Das ist es, worum meine Gedanken kreisen, daß du zu mir gesagt hast: ›Hör zu, du Leichtgewicht!‹ Ich bin aber keins.
Sie streckt sich auf das Bett.
Ich muß nur aufpassen, daß ich irgendetwas mache, das sinnvoll ist. Ich muß irgendwo einen Klecks machen, über den niemand so einfach hinweggucken kann. Etwas, worüber man nicht einfach zur Tagesordnung übergehen kann. Ich war früher auch auf der Kunsthochschule. Eigentlich wollte ich Teppichweben lernen. Aber das ist ja praktisch aussichtslos. Ich kenne jemanden, der webt schon fünfzehn Jahre Wandteppiche mit wunderschönen Ornamenten und wirklich ganz fein und wertvoll – der hat bis heute nur zwei Stück verkauft von diesen Riesendingern, zwei Stück in fünfzehn Jahren. Aber der ist ein Verrückter und arbeitet nachts als Zeitungskorrektor. Ich bin eben nicht wirklich verrückt. Ich möchte unbedingt etwas machen, daß dir die Schuppen von den Augen fallen. Daß du Bauklötzer staunst. Und ich könnte es auch, ich bin bloß nicht verrückt genug.

12

Nachts. Vor dem Haus. Eine Frau erscheint. Klopft mehrmals gegen die Scheibe. KRISTINE *richtet sich im Bett auf. Sie zieht Jeans und Hemd über, tritt hinaus. Sie fragt:* Ist etwas mit Vassili? *Die andere Person nickt, sie laufen beide nach rechts ab.*

13

Im Stadion von Olympia. KRISTINE *macht ihre Führung mit einem einzelnen Ehepaar.* MARTIN *tritt auf. Sie läßt die Leute stehen und läuft zu ihm.*

KRISTINE
Wie schön, daß du kommst.
Ich wollte dich heute noch sehen.

MARTIN
Ich bin gekommen, um dich etwas zu fragen.
Ich habe mir überlegt . . . ich wollte eigentlich abfahren. Gestern schon.

KRISTINE
Warum?

MARTIN
Ich weiß nicht . . .
Komm mit mir, Kristin.

KRISTINE *weicht einen Schritt zurück*
Ich kann nicht.

MARTIN
Ist es wegen des Jungen?

KRISTINE
Seine Schwester ist aus Athen gekommen.
Sie kümmert sich um ihn.

MARTIN
Ach so. Natürlich. Er ist gar nicht nach Deutschland geflogen.

KRISTINE
Jetzt nicht. Später.
Ich kann wieder Führungen machen. Ich brauch nicht dauernd um ihn sein.

Martin

Zuhause könnte ich für dich sorgen.
Ich könnte dir helfen, einen richtigen Beruf zu finden.
Eine selbständige Arbeit...

Kristine

Mich interessieren die Berufe nicht, Martin.

Martin

Was interessiert dich denn?

Kristine

Was mich interessiert? Meine Fantasie. Meine Beine. Meine Einheit.

Martin

Du bist noch sehr jung.

Kristine

Mit meinen Beinen kann ich festhalten und kann ich fortlaufen. Du solltest Zeus Olympios dankbar sein, daß du mich getroffen hast. Was würdest du tun hier ganz allein in der Fremde, wenn du mich nicht getroffen hättest?

Martin

Ich würde auf meinem Hotelbett liegen und an die Zimmerdecke starren, wie ich es schon oft getan habe. Ich würde langsam in einem leeren, weißen Raum verschwinden. Wahrscheinlich wäre ich etwas unglücklich.

Kristine

Du wärst sehr unglücklich.

Martin

Aber jetzt bin ich unzufrieden. Das ist noch viel schwerer zu ertragen. Ein zweiter Mensch weckt immer übertriebene Erwartungen.

Kristine

Ist das nicht gut so?

MARTIN
Warum hast du nächtelang vor meinem Haus gekauert? Warum bist du in mein Bett gekrochen? Was ist das für eine Ja-und-nein-Geschichte?! Wenn ich einen Schritt auf dich zu mache, dann weichst du zurück. Geh ich zurück, dann rückst du näher.

KRISTINE
Das ist beinah wie beim Tanzen, nicht?

MARTIN
Und dabei soll es bleiben?

KRISTINE
Weiß ich nicht. Frag nicht soviel. Sag nicht soviel. Es klärt sich. Es klärt sich alles. Ganz von selbst.

MARTIN
Sag mir doch, was ich tun soll!

KRISTINE
Warum wartest du nicht?

MARTIN
Weil ich mir jetzt sicher bin: ich will abreisen und ich will dich mitnehmen.

KRISTINE
Es geht jetzt nicht.

MARTIN
Du könntest nachkommen, ein wenig später.

KRISTINE
Nein, Martin. Ich glaube, ich komme nicht.

MARTIN
Aber wenn ich mir doch ganz sicher bin!
Warum bin ich mir denn auf einmal so verdammt sicher?

KRISTINE
Wirst du zurück in deine Schule gehen?

MARTIN

Ich kann nicht. Ich kann nicht.

KRISTINE

Alles rührt daher, daß die drei Reiter nicht eintrafen.

MARTIN

Die drei Reiter trafen nicht ein?

KRISTINE

Es rührt daher, daß das Ende ausgeblieben ist.
Wir hatten mit dem Ende gerechnet. Vassili und ich.

MARTIN

Oh nein! Laß uns schnell auseinandergehen. Wir gehören getrennt, sofort.

KRISTINE

Du willst nicht mehr? Ah! Keine Geschichte, doch nur eine Affäre? Wie wenig.

MARTIN

Was sagst du da?

KRISTINE

Du hast nicht viel anfangen können mit mir. Stimmt's?

MARTIN

Nimm dich in acht . . .

KRISTINE

Tust du mir was?

MARTIN

Fürchtest du dich?

KRISTINE

Ich fürchte mich vor gar nichts.

MARTIN

Ich kann nicht weiter mit dir handeln.

KRISTINE

Ich habe dich vielleicht ein wenig aufgehalten?

Ich hätte dir viel mehr geben können, so viel mehr, wenn du mich nur angenommen hättest.

MARTIN

Aber du wolltest es nicht!

KRISTINE

Doch will ich es. Doch. Man muß mich nur ganz ernst nehmen.

MARTIN

Du willst es und willst es wiederum nicht.
Das ist die Wahrheit.

KRISTINE

Verstehst du nicht? Es ist doch kein Kinderspiel.
Ich habe einfach noch nicht herausgefunden, wie ich beschaffen bin.

MARTIN

Wofür du geschaffen bist, meinst du?

KRISTINE

Ich mach's mir schwer . . .

MARTIN

Ich will es dir erklären: du suchst die blinde Abhängigkeit. Du suchst nicht Liebe, die die Augen öffnet, Liebe zwischen zwei deutlichen, selbstbewußten Menschen.

KRISTINE

Gibt es das?

MARTIN

Du wirst schon sehen. Man kann nicht nur nach Reizen und Gelüsten leben. Eines Tages stehst du leer und formlos da. Verblödet von Gefühl. Zu irgendeiner Form muß aber jedes Menschenleben gelangen früher oder später. Allerdings muß man aufpassen, daß sie nicht zu klein und zu eng ausfällt.

KRISTINE
Du willst mich erziehen? Bitte, fang an!
MARTIN
Wie sollte das gehen?
KRISTINE
Oh, da gäb es noch viel zu tun
und ich würde nicht müde zu fragen.
Mir würde nicht langweilig mit dir,
denn da höre ich vieles, das ich gerne beherzigen möchte.
MARTIN
Kein Schmetterling kennt seine Farbe.
Du bist das, was dir geschieht. Der reine Zwang.
KRISTINE
Nein, sag ehrlich: bin ich dir nicht zu belanglos?
MARTIN
Du bist anstrengend.
KRISTINE
Du bist anstrengend.

14

In Martins Bungalow. MARTIN *öffnet auf ein Klopfen hin die Tür.* KRISTINE *tritt ein, lehnt sich rückwärts gegen die Wand.*

MARTIN
Wo kommst du her?
KRISTINE
Mal nachdenken.
Sie preßt die Hand auf den Mund.

Martin
Was hast du? Sag doch was!
Kristine
Ich muß ihm seine Sachen bringen . . . seinen Kulturbeutel.
Martin
Hier ist nichts mehr von ihm.
Kristine
Nein? Wo ist es denn? Mal nachsehen . . .
Sie kramt in einer Schublade.
Martin
Was suchst du?
Kristine
Irgendetwas habe ich nicht verstanden . . .
Irgendetwas hat er noch gesagt, das ich nicht verstanden habe. Wir wollten nach Didyma fahren, in die Türkei. Es war alles schon vorbereitet. Er wollte doch die neuen Tempelinschriften sehen, die so berühmt sind, eine Sensation . . . Aber das war es nicht, was er noch gesagt hat. Irgendetwas hat er noch gesagt . . .
Martin
Wovon sprichst du? Kristin! Hörst du mich?
Kristine
Ich bin schuld! Ich wußte es, er hält's nicht durch. Ich wußte es ganz genau, diesmal übersteht er's nicht. Ich bin schuld. Ich habe ihn nicht aufhalten können.
Martin
Wann – wann ist es passiert?
Kristine
Er ist einfach nicht mehr aufgestanden. Er hat sich hinübergetrunken. Das war's. Das war alles.
Schlaf mit mir. Bitte. Jetzt!

MARTIN
Aber das ist nicht möglich . . .
KRISTINE
Was tust du? Du willst nicht?
Du willst es nicht?
MARTIN
Beruhige dich. Vernünftig sein!
KRISTINE
Vernünftig? Bist du wahnsinnig?
Weißt du, was mir passiert ist? Ich wach mit einem Toten auf! Und ich soll vernünftig sein?!
MARTIN
Du trauerst doch! Du darfst doch nicht so furchtbar sein –
KRISTINE
Du weißt nichts nichts nichts!
MARTIN
Hast du die Eltern schon verständigt?
KRISTINE
Ich will dich spüren! Mir ist kalt!
MARTIN
Meine liebe – meine liebe kleine Gestalt . . . du brauchst dir keine Vorwürfe zu machen. Du hast keine Schuld. Siehst du, er war ja ein unglücklicher Junge, niemand hätte ihn aufhalten können. Ein junger Mensch, der weit hinausgegangen ist und doch unverrichteter Dinge heimkehren mußte, bevor er die Pforte zum Leben wirklich aufstoßen konnte. Du bist an seiner Seite gewesen. Du hast mit ihm im Dunkeln ausgeharrt.
KRISTINE
Mein Gott! Wie sprichst du zu mir?
Wenn das alles ist . . . Wenn das alles ist.

MARTIN
Was mache ich falsch? Ich versuche, dich ein wenig zu besänftigen.

KRISTINE
Jetzt gibt es nur noch dich und mich.
Ich weiß nicht, wer du wirklich bist. Vielleicht bloß ein Maulheld oder ein Schwindler. Vielleicht ein Unmensch . . . aber mein Mann, mein Mann.

MARTIN
Glaubwürdig muß man sein. Davon hängt alles ab. Wir müssen einander glaubwürdig werden. Das wird nicht leicht sein. Es haben schon zu viele Wahrheiten zwischen uns gewechselt. Wie soll ich wissen, worauf ich mich verlassen kann. Auf Worte sicher nicht. Der ganze Mensch muß zu mir sprechen . . . So sieht es aus, bei Licht besehen.

KRISTINE
Und was passiert jetzt?

MARTIN
Das heißt, bei Licht sieht man natürlich diese Dinge gerade nicht . . .

Akt 2

I

Raum in einem kargen Berghaus. Ein Fenster in der Rückwand. Rechts türloser Eingang. Links Durchgang zu einer Kammer. Ein alter Stuhl, daneben die Reisetaschen von MARTIN *und* KRISTINE.

MARTIN
Siehst du? Das ist es nun. Ein sehr kleines, ein sehr armes Haus. Drüben eine Kammer zum Schlafen und hier dieser einzige Raum. Was meinst du?

KRISTINE
Doch. Es gefällt mir.
Gibt es Telefon?

MARTIN
Nein. Kein Telefon.

KRISTINE
Ah!

MARTIN
Außerdem ist es sehr heiß. Das Haus steht ungeschützt. Ein paar Ölbäume ringsherum, die wenig Schatten spenden. Sonst nichts.

KRISTINE
Ich finde das Fenster schön.

MARTIN
Man sieht nichts. Es ist vollkommen verdreckt.

KRISTINE
Was ist das für ein Dreck? Er ist schön.

MARTIN
Ich weiß nicht. Ich werde es herausnehmen.
Er öffnet das Fenster, hebt die Flügel heraus und setzt sie nach außen ab.

KRISTINE

Ist das ein Hirtenhaus?

MARTIN

Vielleicht.

KRISTINE

Es ist sehr primitiv.

MARTIN

Dafür ist es bedeutend billiger als das vorige. Es gibt kein elektrisches Licht. Kein fließendes Wasser.
Er geht nach nebenan.
Überall riecht es nach altem Maschinenöl. *Er räumt etwas.* Aha! Wasser gibt's nur draußen im Tank . . .

KRISTINE *stützt sich mit ausgestreckten Armen gegen die Wand.* MARTIN *kommt zurück.*

MARTIN

Was meinst du? Wollen wir hierbleiben?

KRISTINE *dreht sich um, lehnt mit dem Rücken an der Wand*

Komm!

Das Zeitzeichen und Lichtbruch*

* *Pan-Rufe und Stimmen-Bumerang; ein verwirbeltes Echo von Sätzen, die* MARTIN *und* KRISTINE *in der Szene gewechselt haben, nähert sich, fällt in den Raum ein und zieht wieder ab.*

2

Am selben Ort. Er kauert. Sie kauert.

KRISTINE
Es gibt etwas in mir, das will nicht beginnen.

MARTIN
Mit mir beginnen?

KRISTINE
Mit dieser Aufräumarbeit beginnen.

MARTIN
›Abtrauern‹ – abtrauern wolltest du diese Geschichte. Wie andere eine Woche fasten oder sich entschlacken.

KRISTINE
Ich bin aus ihm. Noch.
Ich bleib aus ihm. Vielleicht.
Ich spüre keine Trauer.

MARTIN
Die Erde dreht sich nicht allein um dein Gefühl, kleine Person. Es gibt auch Konventionen, die man einhält, um sich und anderen Leuten das Leben zu erleichtern.

KRISTINE
Ach weißt du, andere Leute haben andere Sorgen.

MARTIN
Du hast nicht einmal daran gedacht, zu seiner Beerdigung zu fahren?

KRISTINE
Nach Deutschland? Wovon denn?
So gut kannte ich ihn auch wieder nicht.
Und seine Familie. Wie stellst du dir das eigentlich vor?
Er lebt ja auch weiter in mir. Ich weiß gar nicht, was du dauernd an mir herumdoktern mußt.

MARTIN

Man kann nicht zeitlebens seine Entscheidungen nach einem infantilen Lust-Unlust-Schema treffen. Du mußt aufpassen, daß dir das Leben nicht ganz nach innen versinkt. Dein Gefühl an sich ist überhaupt kein Kriterium. Es grenzt ans Unwesentliche.

KRISTINE

Man kann, man darf, man soll . . .
Und womit nehm ich dich wahr, du Ideologe?
Woher kommt es, daß wir zusammen sind, wenn das angeblich wertlos ist, was ich fühle, und warum fällst du über mich her, fall ich über dich her, Glück machen, eins zwei drei, weil ich etwa eine Mumie bin, innerlich, oder ein Gefrierfach oder wie denkst du? Wahrscheinlich doch ganz einfach, weil wir Lust dazu haben, ganz einfach Lust! . . . Manchmal bist du eine flaue Kapuze.
Sie zieht eine schwarze Schlafmaske vor die Augen.

MARTIN

Warum ziehst du die Schlafmaske auf?

KRISTINE

Es ist mir zu hell.

MARTIN

Du willst mich nicht sehen. Das ist es.

KRISTINE

Nein, aber ich finde, vor dem Glück redest du immer ganz anders als hinterher. Vorher lieb. Hinterher flau. Das mag ich nicht.

MARTIN

Proust trug dauernd so ein Ding. Le masque Anti-Lumière. Damit er sich besser erinnern konnte.

KRISTINE *zeigt auf ihn*

Komm, Fremder, laß uns nicht streiten!

Zeit, daß wir handeln. Zeig mir, daß du kein Schwätzer bist. Nur Mann und Frau sein. Nur das. Sonst nichts.

MARTIN

Meinst du: wir sollten uns ein Gesetz geben?
Oder meinst du: zu zweit ist alles erlaubt?

KRISTINE

Es ist Mittag. Es ist viel zu heiß zum Meinen.

Pause

MARTIN

Was hast du gedacht, als du mich zum ersten Mal sahst?

KRISTINE

Ich dachte: trinkt. Lügt. Leidet.

MARTIN

Ich trinke nicht. Ich lüge nicht.
Das war der andere.

KRISTINE

Du flunkerst manchmal.

MARTIN

Du tust es.

KRISTINE

Still! Was sind das für Rufe da draußen?
Hörst du? Schreit da ein Mensch oder ein Tier?

MARTIN

Es ist die Stille. Die allmächtige Stille.

KRISTINE

Es ist nicht still . . . die Rufe . . .

MARTIN

Wenn man sich nur genau genug erinnern würde, dann wär wohl kaum etwas der Erinnerung wert. Aber das Vergangene ist eingelegt in den Glibber des Verlusts . . . das schmeckt so gut. Stell dir eine Droge vor, die erzeugte nicht Rausch, nicht Schlaf, sondern die reine Vergegenwärtigung –

KRISTINE *bewegt sich zum Fenster*

Was ist das?

MARTIN *stellt sich hinter sie, legt ihr die Hand auf die Schulter. Sie fährt mit einem Schrei herum.*

MARTIN

Du erschrickst? Weshalb erschrickst du?

Zeitzeichen, Lichtbruch. Sie umklammern sich.

3

Im Halbdunkel kommen beide aus der Kammer und setzen sich einander gegenüber mit dem Rücken an die Wand gelehnt. Dann wird es hell.

KRISTINE

Hier oben kriegt man sicher niemals Post.

MARTIN

Post? Och. Das Licht ist ständige Post.
Was willst du mehr erfahren?

KRISTINE

Ist hier denn ewig Mittag?
Wenn wir schlafen, ist Mittag. Wenn wir aufstehen, ist Mittag. Wie lange sind wir jetzt hier? Einen Monat? Eine Woche?

MARTIN

Geraume Zeit. Geräumig. Sehr geräumig.

KRISTINE
Was geschieht jetzt alles ohne mich?
MARTIN
Glaubst du, du versäumst etwas?
KRISTINE
Würd gern mal telefonieren. Bloß das.
Muß ich schon sagen.
MARTIN
Du bist unruhig.
KRISTINE
Ich bin überhaupt nicht unruhig.
MARTIN
Worauf wartest du?
KRISTINE
Ich? Weiß nicht.
MARTIN
Alles vorbei.
So ist die Lage. Und wir s i n d die Lage.
KRISTINE
Es ist jetzt ganz still draußen. Ich hör gar nichts mehr.
Manchmal denk ich: ich muß sofort raus hier. Ich krieg keine Luft mehr. Ich hab keine Zeit . . .
MARTIN
Ich hab Zeit genug . . . Ich hab nur Zeit. Wieviel brauchst du?
KRISTINE
Die Luft ist so heiß und dick. Sogar unsere Stimmen bleiben darin hängen.
MARTIN
Die Hirten stöhnen im Schlaf unter den Ölbäumen.
KRISTINE
Es gibt keine Hirten hier.

Martin

Natürlich gibt es welche.

Kristine

Hirten? Echte? Du träumst. Früher, ja. Aber heute?

Martin

Wo ich geboren bin, da glaubten die Bauern noch an die Korngeister. An die Kornmuhme. Die Mittägin. Die kam nämlich, wenn ein Bauer weiterarbeitete unter Mittag anstatt sich auszuruhen. Dann kam sie und fragte ihn zu Tode. Sie fragte und fragte, bis er tot umfiel.

Kristine

Oje. Woran könnte ich bloß noch denken?

Martin

Du hörst mir nicht zu.

Kristine

Doch hör ich dir zu. Ganz genau.

Martin

Du könntest einmal daran denken, etwas einkaufen zu gehen.

Kristine

Ich geh nicht allein!

Martin

Ich geh überhaupt nicht.

Kristine

Ich bleib hier nicht allein und ich geh nicht ohne dich.

Martin

Gut. Bleiben wir beide hier.
Verhungern wir. Verwahrlosen wir ineinander.
Vermodern wir ineinander.

Kristine

Vermodern? Findest du das richtig ausgedrückt?

Martin
Durchfaulen zum Nichts.
Kristine
Tu was. Niemand hindert dich –
Martin
Das Haus ist offen. Kein Fenster, keine Tür. Nichts, was dich aufhalten könnte.
Kristine
Was willst du damit sagen? Daß ich gehen soll?
Martin
Mir egal.
Kristine
Ich versteh nicht – schon wieder Glück machen?
Martin
Willst du Glück oder will ich Glück?
Kristine
Ich dachte, wir wollen es beide.
Martin
Ja. Aber jeder zu seiner Zeit.
Kristine
Wir sagen nicht die Wahrheit.
Ist es dir zu viel oder zu wenig?
Martin
Die Larven der Florfliege, klebrig und borstig wie sie sind, packen die Blattlaus mit ihren Hohlzangen und trinken sie leer. So geht das. So ist das gegangen.
Kristine
Vielleicht liegt es daran, daß ich eben eine Phase hab, wo ich sehr schutzbedürftig bin.

Pause

Und was passiert jetzt?

Martin

Es gibt nichts, was an der Reihe wäre.
Das nächste Jetzt fällt aus.

Kristine

Hm.
Ich möchte wissen, was dich dazu bringen könnte, einmal rund um das Haus zu gehen.
Ein Erdbeben. Vielleicht.
Vielleicht ein verdächtiges Geräusch?
Ich möchte einmal diese Minute erleben, wo du nicht da bist. Nur eine Minute! Wo du draußen bist. Wo ich dich höre draußen, wie du ums Haus gehst. Wie du in die Luft horchst. Und diesen Augenblick, wo du in der Tür erscheinst, wo du wieder hereintrittst. Wo du wiederkommst!
Sie richtet sich vor ihm auf.
Ich möchte, daß du glücklich bist. Es ist mir egal, was du sonst von mir hältst. Ich glaube, es sollten nur noch die Dinge eine Rolle spielen, die den Mann und die Frau ausmachen. Alles übrige, vergiß es.
Martin?
Bist du schon zerstört? Schon kaputt?
Nein – nicht?

Zeitzeichen, Lichtbruch

4

KRISTINE *auf dem Stuhl.*

MARTIN
Was tust du da?

KRISTINE
Ich lackiere mir die Fußnägel.

MARTIN
Schwarz?

KRISTINE
Das mag er nicht besonders.

MARTIN
Mochte. Er mochte es nicht besonders.

KRISTINE
Ich sag zu ihm, leg dich, leg dich flach auf den Boden. Es ist besser, du liegst, als du stehst in dieser lächerlichen Haltung vor mir. Du kannst nicht stehen! Bleib hier! So kannst du die Führung nicht machen! ›Kein Problem‹, sagt er . . .

MARTIN
Peng Peng Peng. Mein Gott, würde ich gern in die Luft ballern!

KRISTINE
Und ich . . . ich möchte sofort telefonieren. Entweder sofort telefonieren oder es klopfen hören am Haus.

MARTIN
Hat er dir auch mal zu Füßen gelegen? Hast du auch einmal deinen zarten Fuß auf seinen Nacken setzen dürfen? Oder hat er nur immer dich drangsaliert?

KRISTINE
Na ja. Die Machtfrage spielte anfangs eine große Rolle –

MARTIN

Schweig! Halt den Mund! Weshalb antwortest du? Du verbirgst mir die tausend Demütigungen, die er dir zugefügt hat. Keine Spur in deinem Lächeln, in deinem Schöntun von all den scheußlichen Entwürdigungen, von den Anwürfen des Hasses und der Gemeinheit, mit denen er dich besudelt hat. Mit denen er dich zeichnen wollte. Mit denen er dich wertlos und unansehnlich machen wollte. Du strahlst vor Rache! Du glaubst, ich sei nun an deiner Stelle und du an seiner?

Was bist du für ein neuartiges Gezücht? Was für ein Typ von Frau? Keine Lulu, keine Lola. Bloß ein Hauch von einem Leib und dein Trieb ist ein Rhinozeros. Ein Schemen bist du bloß, der schutzsüchtig huscht von Mensch zu Mensch. Ein Schemen ängstlicher Genußsucht, ein Schemen panischer Anhänglichkeit. Hej! Sag etwas!

KRISTINE

Ich will nichts sagen. Du wunderst mich.

MARTIN

Manchmal siehst du mich an, als dächtest du: der ist am Ende. Der macht es nicht mehr lang. Ha! Täusch dich nicht! Du hast ja keine Ahnung, wer ich bin . . . Ich habe schon Mut genug bewiesen in meinem Leben. Ich habe einen Regierungspräsidenten gestürzt. Ich habe Yeti, den Schneemenschen, gejagt in Tibet! Ich bin ein guter Lehrer. Meine Methoden sind unanfechtbar. Außerdem bin ich eine ganz interessante Feder. Die Herren haben mich bereits kennengelernt, ich habe ihnen einige Male zugesetzt, sie fürchten meine ungemütlichen Artikel nicht umsonst. Und es ist kein vergangener Ruhm, von dem ich spreche. Das sind meine

Anlagen. Mein Talent. Mein Gespür. Das läßt mich nicht im Stich. Wenn ich etwas mache, dann stimmt es. Einfach weil ich es mache. Ich habe damals zu Doktor Heinrich gesagt: ich warte nur auf den geeigneten Augenblick, ich warte auf die günstige Gelegenheit. Ich schlage los, sobald ich mein Schlachtfeld gefunden habe. Vielleicht gehe ich ins Ausland.
Ich bin nicht elend.

KRISTINE
Ich sage nicht, daß du elend bist.

MARTIN *schreit*
Ich-bin-nicht-elend!

KRISTINE
Was hast du? Ich will dir nur Gutes.

MARTIN
Ich könnte dich töten. Aber einfacher wäre es wohl, ich ließe dich allein.

KRISTINE
Versuch es. Das Haus steht offen ... alles frei. Kannst gehen, wohin du willst. Sieh zu, wie weit du kommst. Du sitzt genauso in meinem Gefängnis wie ich in deinem. So einfach kommst du nicht raus aus der Geschichte.

MARTIN
Du bist klein. Du bist hübsch klein.
Es hat den Anschein, als ob du gelehrig wärst.
Er packt sie im Nacken.
Ich will, daß du gelehrig bist. Dich nehme ich! Damit du meine Spur aufnimmst. Dich nehme ich und drücke dein Gesicht in meine Spur!

KRISTINE
Du tust mir weh! Du wirst verrückt!

MARTIN

Nichts hindert mich daran, vernünftig und tief verrückt zur gleichen Zeit zu sein! Zurück zu den Elementen! Zu den Elementen zurück! Hörst du? Nimm dort das Buch aus dem Fenster!

KRISTINE

Welches Fenster?

MARTIN

Sieh dich um.

KRISTINE

Wenn ich bei dir bin, sehe ich dich.
Ich bin nicht gekommen, um mich umzublicken.

MARTIN

Ich sehe, daß ich keinen Einfluß auf dich habe.

KRISTINE

Ich bin mit dir. Ich bin um dich herum. Durch dich hindurch. Du gehst durch mich hindurch. Ich spreche wie du. Ich treffe niemand anderen. Du bist mein Kommen und Gehen. Du bist meine Stimme. Du bist mein fortwährendes Türenschlagen. Mein Rein und Raus, mein Raus und Rein. Ich bin zu dir gekommen, um niemand zu werden. Ich weiß nicht mehr, wer ich bin. Was ich mache. Was ich gemacht habe. Ich nichts. Du alles.

MARTIN *in Abwehr*

Odeon. Schule der Erinnerung. Ideale Schule. Asyl. Ruhestätte, den Schrecken zu erfahren ...
Anhangen, anhangen, ist das dein stärkstes Gefühl? Stärker als Liebe?

KRISTINE

Ja. Es ist viel stärker. Aber es sucht auch aus.
So wie dich hat es noch keinen gewollt.

MARTIN

Bloß um nicht allein zu sein . . .

Er setzt sich in die Türöffnung.

KRISTINE

Wohin gehst du?

MARTIN

Ich lausche. Ich wache. Es wird einmal hereinbrechen.
Ich höre, wenn sich draußen etwas zusammenbraut.
Jetzt bleibt mir nur noch der Gefahrensinn.

KRISTINE

Ich hör gar nichts mehr.
Ich glaub, wir sind die Letzten überhaupt.
Das letzte Paar auf dieser Welt.

MARTIN

Das Paar! Der Menschenordnung erstes Element . . .
Was für ein Chaos, kleine Person, was für ein Chaos.

KRISTINE

Was glaubst du: ob unsere Geschichte ein gutes Ende nimmt?

MARTIN

Was wäre denn ihr gutes Ende?

KRISTINE

Daß sie überhaupt keins hätte!

Zeitzeichen, Lichtbruch

5

KRISTINE *schreitet aus der Kammer in elegantem Aufzug. Schwarzer, kniekurzer Rock, kobaltblaue Jacke. Sie setzt sich auf den Stuhl neben das Fenster. Legt Schlafmaske und Fächer auf die Brüstung. Betrachtet sich in einer Spiegelscherbe.*
MARTIN *kommt aus der Kammer gekrochen.*

MARTIN
Trinken, trinken ...
KRISTINE
Der Tank ist leer. Das Wasser ist ausgetrunken.
MARTIN
Durst ... wenn du einkaufen gehst ... als du neulich einkaufen warst ... wenn du vom Einkaufen zurückkommst ...
KRISTINE
Was willst du sagen, was?
MARTIN
Durst ...
KRISTINE *wendet sich zu ihm, öffnet die Knie*
Lehrer, sieh mich!
MARTIN
Ich will aufstehen ... ich will zu dir kommen ... ich will –
KRISTINE
Du siehst mich und vergißt dich nicht? Was wird aus unserem alten Spiel, mein Freund, mein Herr?
Wo ist dein Blicken geblieben, dein klarer Wille, dein Vorwärtsmut?
MARTIN
Ich habe das meiste verbraucht,
als ich dich ansah und immer nur dich.

KRISTINE
Meinst du, jetzt wär's an mir, dir deine Gaben zurückzuerstatten? Dann komm!
Ich will dir's schenken, komm, nur schenken gibt es, schenken bis auf den leeren Grund.

MARTIN
Ich darf die Verantwortung nicht verlieren . . . Meine Pflicht ist es, Klarheit zu schaffen . . . ich will dir helfen, deinen Weg zu finden . . . ich habe länger gelebt als du. Gott hat mich nicht blind im Kreis herumgeschickt!

KRISTINE
Es gibt kein Wasser mehr.
Gehen wir aus?

MARTIN
Ja. Wir gehen aus.

KRISTINE
Du weißt, wovon du sprichst?
Gibst du auf, Lehrer?

MARTIN
Nein . . . nein.

KRISTINE
Halt mich!

MARTIN
Halt mich.

KRISTINE
Nimm mich!

MARTIN
Nimm mich.

KRISTINE
Hör mir zu!

MARTIN
Hör mir zu.

Kristine
Laß nicht nach!
Martin
Laß nicht nach.
Kristine
Du erkennst mich nicht.
Obwohl ich doch ganz deutlich bin.
Martin
Du hast mich nicht erkannt.
Du hast mich nie gesehen.
Kristine
Von nun an wirst du wissen, daß ich immer
die Frau sein werde, etwas, das nie, wie alles übrige,
aufhört, der Gegensatz zu dir zu sein.
Martin
Du wirst immer wissen, daß wir der Bund sind,
nicht mehr Geschichte.
Kristine
Gehen wir jetzt?
Martin
Ja. Wir gehen.

In diesem Augenblick erscheint im Fenster eine Pan-Gestalt. Kristine *springt auf, und beide dreschen unverzüglich aufeinander ein, sie mit dem Fächer, die Gestalt mit einer Narrenpritsche. Nachdem sie den Eindringling verschlagen hat, sinkt* Kristine *mit dem Rücken an der Wand zu Boden.*

Kristine *leise*
Hilfe . . . Hilfe . . . Wer war das?
Martin
Ich.
Zeitzeichen, Lichtbruch

6

Beide am selben Platz wie vorher.

KRISTINE
Woran denkst du?
MARTIN
Ich denke an Wasserpflanzen so groß wie Elefantenohren. Ich denke an frische Feigen nach einem frischen Gewitter. Ich denke an etwas so Zu-Herzen-Gehendes wie Händewaschen.
KRISTINE
Ich muß gehen ... Ich gehe jetzt ... Ich muß noch die Schuhe bürsten ... Die Archäologen warten auf mich ... Ein Glück, daß ich verkleidet bin. Es fällt mir bedeutend leichter, weißt du, nach so langer Zeit ... Ich finde, niemand kann gezwungen werden, sich als das kleine Licht zu betrachten, das er wirklich ist ... Ich habe meine Schlafmaske genommen, zwei Augenschlitze hineingeschnitten – willst du denn gar nicht wissen, was draußen los ist?!
MARTIN
Och.
KRISTINE
Die Archäologen geben ein Fest. Kurz bevor sie nach Haus in ihre Institute fahren. Sie spielen und tanzen. Sie braten einen Hammel am Spieß ... Es ist doch so, daß es sich heute um den verrückten 20. Oktober handelt, wie?
Doch, doch. Ich spür's. Ich täusche mich nicht.
Pause
Lehrer?

MARTIN
Ja?
KRISTINE
Bin ich noch schön?
MARTIN
Ja. Sehr.
KRISTINE
Aber der Glanz – der Glanz ist ausgeknipst.
MARTIN
Nein. Es ist nicht so. Kleine Gestalt.
KRISTINE
Ich zittere vor der großen Straße, die auf mich zurast . . .
MARTIN
Nun geh. Geh für mich.
Sie beginnt langsam hin und her zu gehen.
Versuch, das Haus zu verlassen. Geh, kleine Gestalt. Schneller. Versuch, auszugehen. Lauf! Ja, jetzt lauf! Jetzt bist du groß! Wie erwachsen du bist! Wie schön! Auf hohem Schuh! Schneller! Leichter! Ja, meine süße Hündin! Lauf, lauf! Jetzt zeig es mir! Zeig es mir! Oh . . . Groß, groß!
Sie bricht auf der Schwelle zusammen.
KRISTINE
Ich kann nicht, ich kann nicht!
MARTIN
Ist ja gut, meine Kleine. Brav. Brav bist du gelaufen. Es war ein wunderbarer Versuch.
KRISTINE
Schaff Ruhe in mir, Ruhe.
MARTIN
Aber ja, mein Herz. Mein geliebtes Wesen.
Wir wollen es gleich noch einmal versuchen.

KRISTINE
Später, später!

Zeitzeichen, Lichtbruch

7

Der leere Raum. Von rechts betritt KRISTINE *das Haus.*

KRISTINE
Lehrer? Bist du da?

Sie geht durch den Raum in die Kammer. Man hört einen unterdrückten Schrei. Sie kommt zurück. Hinter ihr tritt MARTIN, *sehr verwahrlost, in den Durchgang.*

MARTIN
Wo warst du?
KRISTINE
Ich bin wieder hier. Genügt das nicht?
MARTIN
Wasser!
Sie nimmt einen Beutel Wasser aus der alten Umhängetasche und wirft ihn vor seine Füße.
KRISTINE
Der Tank ist wieder voll.
Du hast Wasser genug.
MARTIN *nachdem er getrunken hat*
Wo bist du gewesen so lange? Laß mich dich anschauen . . .
KRISTINE
Nicht. Du bist schmutzig.

MARTIN
Schmutzig? Was hast du getan?
Mit wem warst du zusammen?
Faß mich an, Kristine.
Ich sage: du sollst mich anfassen . . .
Sie legt ihre Hand auf seine Wange.
Zarter!

KRISTINE
Zarter geht es nicht.

MARTIN *leise*
Mein Liebes, faß mich zart an. Ich bringe dich um. Ich zerquetsche dich.

KRISTINE
Hör auf. Leg dich wieder auf den Boden, wo du hingehörst.

MARTIN
Stell dich gerade hin! Sieh mir ins Gesicht!

KRISTINE
Nein – nicht! Du tust mir was!

MARTIN
Feige Hündin! Hast du Angst, ich verätze dir dein hübsches Lärvchen? Ja? Dann kannst du keinem mehr schöntun! Du . . . was machst du mit mir? Ich hab dich doch lieb . . . ich will dich nur küssen.

KRISTINE
Laß mich leben, Lehrer, laß mich leben.
Ich bin gekommen, um meine Sachen zu holen.
Er ist da.

MARTIN
Er ist tot.

KRISTINE
Er ist da. So ist es. So ist es bestimmt.

MARTIN

Du weißt, er ist tot.

KRISTINE

Wer denn?

MARTIN

Dein . . . Vassili.

KRISTINE

Es ist ein anderer.

MARTIN

Du lügst! Es ist Vassili!

KRISTINE

Du bist verrückt. Vollkommen verrückt.

MARTIN

Und wie heißt er?

KRISTINE

Weiß ich noch nicht.

MARTIN

Siehst du. Du lügst. Alles Unsinn.

KRISTINE

Sieh aus dem Fenster. Dort hinten kannst du ihn sehen. Dort steht er ganz deutlich und wartet auf mich. Er wird mir die Tasche den Berg hinuntertragen. Unten am Weg steht sein Auto. Wir werden nach Athen fahren. Was willst du noch hören?

MARTIN

Du kommst hier nicht mehr raus.
Oder als Braut. Oder tot.

KRISTINE

Ich bin so lange deine Braut gewesen.

MARTIN

Du warst nie meine Braut.
Warst nie mit mir vereint.

KRISTINE
Ha! Was haben wir wohl die ganze Zeit gemacht?
MARTIN
Das war keine Hochzeit. Noch längst nicht.
KRISTINE
Laß mich bitte meine Sachen holen.
MARTIN
Nimm dich in acht! Vorsicht, Vorsicht!
Du hast uns weit hinausgeführt, jetzt führ uns wieder heim.
KRISTINE
Es war doch gut mit dir. Nichts kann ich erkennen, das nicht gut war zwischen dir und mir. Keinen Tag. Keine Minute.
MARTIN
Du kommst hier nicht mehr raus.
Oder als Braut. Oder tot.
KRISTINE
Ich weiß, Lehrer.
MARTIN
Kristin?
KRISTINE
Ja?
MARTIN
Warum belügst du mich?
KRISTINE *umarmt ihn*
Oh Liebster! Lieber, Lieber!
Glaub mir doch, es ist zuende!

Zeitzeichen, Lichtbruch

8

MARTIN *auf dem Stuhl.* KRISTINE *geht auf und ab.*

KRISTINE
Ein gutes Stück weitergekommen. Die verdammten Dinge beim Namen genannt. Die Sünden alle aufgezählt. Keiner trägt größere Schuld als der andere. Tagelang, nächtelang erklärt, gesprochen, geheult, gestanden, beschuldigt und nochmal erklärt, gesprochen, geheult, alles bis ins Letzte durchgesprochen, erklärt . . . ein gutes Stück weitergekommen. Geheult.

MARTIN *sitzt vorgebeugt und spricht unhörbar.* KRISTINE *beugt sich zu ihm.*

KRISTINE
Wie? Was sagst du? Ich kann dich nicht verstehen.
Sprich lauter.

MARTIN
Es kann aber nicht sein, daß dies alles wahr ist.

KRISTINE
Oh nein! Nicht! Bitte! Nicht noch einmal!

MARTIN
Du bist meine Frau. Ich habe niemand anderen.

KRISTINE *versucht ihn zu übertönen*
Tatata. Tatata. Tatata . . .

MARTIN
Sei still.
Es ist undenkbar.

KRISTINE *im Echo, fast lallend*
Undenkbar, undenkbar. Ich kann es mir nicht vorstellen. Unvorstellbar. Nie dagewesen.

MARTIN
Wir haben die ganze Zeit nur darüber gesprochen. Aber worüber wir gesprochen haben, das gibt es gar nicht. Die pure Erfindung. Es war bloß eine Aussprache.

KRISTINE
Aussprache. Alles ausgesprochen. Ein gutes Stück weitergekommen. Aus, aus, aus.

MARTIN
Schlaf nicht ein.

KRISTINE
Tue ich nicht. Kann bloß den Kopf nicht mehr oben halten.

MARTIN *steht auf, geht zum Fenster.* KRISTINE *setzt sich auf den Stuhl.*

MARTIN
Ich hätte dich töten können ...

KRISTINE
Ich weiß. Zu spät.

MARTIN
Ich habe dir doch nicht weh getan. Ich habe dir doch niemals weh getan.

KRISTINE
Nein. Hast du nicht.

MARTIN
Aber du hast vorhin gesagt, ich hätte soviel falsch gemacht. Was habe ich falsch gemacht?

KRISTINE
Nichts, Lieber. Gar nichts.

MARTIN
Alles falsch, von Grund auf falsch. Von Anfang an –

KRISTINE
Still. Es ist nicht wahr.
MARTIN
Wahr? Was ist denn überhaupt noch wahr?
Hörst du mir zu?
KRISTINE
Ich kann nicht mehr.
MARTIN
Ich kann nicht mehr.

KRISTINE *sitzt vorgebeugt auf dem Stuhl.* MARTIN *kommt hinter sie, streckt seine Hände aus nach ihrem Hals.* KRISTINE *springt plötzlich auf, tanzt und hüpft, die Arme hinter dem Kopf verschränkt.*

KRISTINE
Hil-fe! . . . Hil-fe! . . . Hil-fe!

Mit einem Hufbein wird kurz und bös gegen das Haus gepocht. Lichtbruch

9

MARTIN *sitzt links neben dem Durchgang, halb eingeschlafen. Ihm gegenüber neben dem Ausgang* KRISTINE *auf ihrer Reisetasche.*

MARTIN
Bist du zurück, Kristin?
KRISTINE
Nein. Ich gehe erst noch.

Wirst du auch abreisen?
Gehst du zurück in deine Schule?

MARTIN

Nein.

KRISTINE

Was wirst du tun?

MARTIN

Ich warte.
Du kommst ja wieder. Du bist noch jedes Mal wiedergekommen.

KRISTINE *verneint mit dem Kopf. Sie steht auf, nimmt ihre Tasche.*

KRISTINE

Viel Glück, Lehrer.

MARTIN

Viel Glück . . .
Sie geht hinaus.
Eines Tages, eines Tages – wir!

Er steht langsam auf, geht zum Fenster, nimmt von dort das Buch. Er setzt sich auf den Stuhl. Der Mittag vergeht. Er liest . . .

MARTIN

»Wie da Pan, der Syrinx schon meinte gefangen zu haben, statt eines Nymphenleibes nur Schilf in Händen gehalten. Wie dann der Wind, indes der Gott dort seufzte, das Röhricht streichend, erzeugt einen Ton von zartem, klagendem Klange, und wie der Gott, berückt von der neuen Kunst und der Stimme Süße, gerufen: ›Dies Gespräch mit dir wird mir bleiben!‹, Rohre verschiedener Länge mit Wachs zusammengefügt und wie er im Namen der Flöte den Namen des Mädchens bewahrt hat. – All dies wollte Merkur noch erzählen, da sieht er, daß all die Lider gesunken, und Schlaf die Augen alle bedeckte.«

Dunkel

Botho Strauß

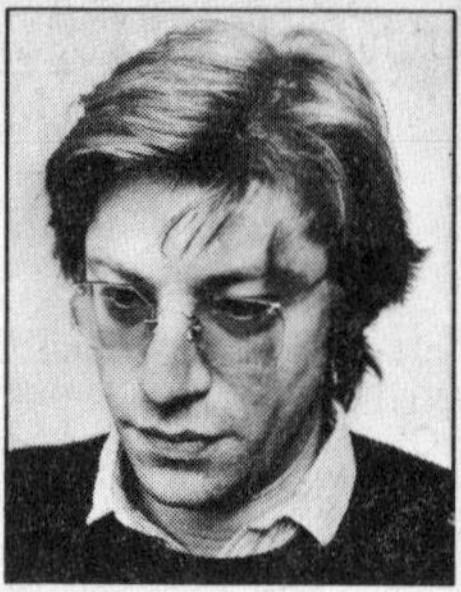

».. . ein Erzähler, der für Empfindungen der Liebe Bilder von einer Eindringlichkeit findet, wie sie in der zeitgenössischen Literatur ungewöhnlich sind.« (Rolf Michaelis)

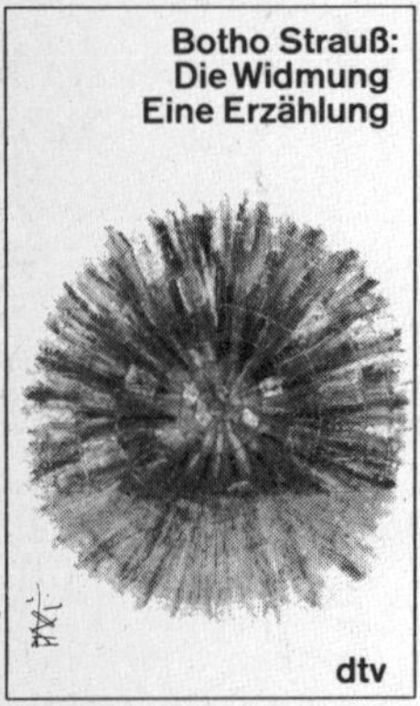

dtv 10248

dtv 10346

dtv 10396

dtv 10469

Marlenes Schwester
Zwei Erzählungen
dtv 6314

Paare, Passanten
dtv 10250

Rumor
Roman
dtv 10488

Die Hypochonder
Bekannte Gesichter, gemischte Gefühle
Zwei Theaterstücke
dtv 10549

Der junge Mann
Roman
dtv 10774

dtv

Franz Fühmann

»Ich danke den Schwestern und Brüdern der Weißen Rose, ... die mir und so vielen mir Gleichen vorangegangen sind im Willen zur Wahrheit, wider die Lüge, wider das Böse...«
Franz Fühmann bei der Verleihung des Geschwister-Scholl-Preises

dtv 10397

dtv 10368

dtv 10217

dtv 10844

Italo Calvino im dtv

Foto: Isolde Ohlbaum

Das Schloß, darin sich Schicksale kreuzen

Der Schloßherr zieht ein Kartenspiel hervor, Tarockkarten. Und plötzlich scheinen die Figuren den Anwesenden zu gleichen. Calvino konstruiert aus den Karten einen magischen Reigen von Schicksalen.
dtv 10284

Die unsichtbaren Städte

»Calvino entwirft im stilistisch knappen und eleganten Filigran seiner 55 Städteportraits eine Vision unserer Welt, in der Geschichte und Philosophie, Biologie und Ökologie, Linguistik und Semantik mit subtiler Genauigkeit integriert sind.« (Basler Zeitung)
dtv 10413

Wenn ein Reisender in einer Winternacht

Ein brillantes Verwirrspiel um einen Lesenden und eine (Mit-)Leserin, die von einer Geschichte in neun andere geraten. Kunst oder Leben, das ist keine Frage.
dtv 10516

Der Baron auf den Bäumen

Als Zwölfjähriger steigt der Baron auf eine Steineiche und wird bis zu seinem Tode nie mehr einen Fuß auf die Erde setzen. Ein mit immer neuen Einfällen und Phantasien angefüllter poetischer Roman, charmant, heiter, übermütig und klug.
dtv 10578

Der geteilte Visconte

Medardo di Terralba kehrt aus den Türkenkriegen im wahrsten Sinne in zwei Teile gespalten zurück. Zu allem Überfluß verlieben sich auch beide Hälften des Visconte, die gute wie die schlechte, in dieselbe Frau.
dtv 10664

Der Ritter, den es nicht gab

Innen hohl, besteht Ritter Agilulf nur aus Rüstung, Kampfgeist und Pflichtgefühl: das Musterbild eines ordentlichen Soldaten. »Ein Ritterroman, der mit allen Wassern des Unernstes gewaschen ist.« (Münchner Merkur)
dtv 10742

Herr Palomar

Herrn Palomars Leidenschaft ist das Betrachten; immer treiben ihn seine Phantasie und diskrete Neugier in wahrhaft abenteuerliche Denkspiralen und Selbstgespräche.
dtv 10877

Lars Gustafsson im dtv

Wollsachen

Nach einem gescheiterten Selbstmordversuch schreibt der Lehrer Lars Hedin seine eigene »Krankheitsgeschichte« über sein verpfuschtes Leben. Da verliebt er sich in die Freundin eines seiner Schüler.
dtv 1273

Das Familientreffen

Ein Wirtschaftswissenschaftler geht mit seinem Wissen um skrupellose Versuche mit bakteriologischen Waffen an die Öffentlichkeit, weil er es vorzieht, sich selbst zu opfern, anstatt von höherer Stelle geopfert zu werden.
dtv 1470

Die Tennisspieler

Als tennisspielender Gastprofessor im sonnigen Texas stößt Gustafsson auf das Buch eines Anarchisten, das die bisherige Forschung in Frage stellt. Um der Sache auf den Grund zu kommen, bedient er sich heimlich des Zentralcomputers der Luftabwehr.
dtv 10008

Erzählungen von glücklichen Menschen

Das Glück besteht immer in einer Suche, einer Bewegung, einem Verlangen. Es ist nicht Erfüllung der Wünsche nach Liebe, Erfolg oder Reichtum, sondern etwas, dem man nachjagen muß, wenn man ein ganzer Mensch werden will.
dtv 10175

Foto: Isolde Ohlbaum

Die Stille der Welt vor Bach

»Den Übersetzern ist es gelungen, das Energetisch-Zupackende, Ausgreifende und den schnellen Gedankengang dieser Lyrik vorzüglich wiederzugeben, die sich nie über der Wirklichkeit bewegt, sondern mit alltäglichen Worten diese trifft.« (Süddeutsche Zeitung)
dtv 10299

Trauermusik

Im Frühjahr 1958 kreuzen sich die Wege dreier Menschen. Gustafsson verfolgt ihre Lebensgeschichten bis in die achtziger Jahre hinein.
dtv 10566

Der eigentliche Bericht über Herrn Arenander

In diesem frühen Roman geht es »nicht um die möglichst umfassende Lebensbeschreibung eines Individuums, sondern allenfalls um das Modell eines intellektuellen Portraits«. (Süddeutsche Zeitung)
dtv 10863

Doris Lessing im dtv

Vergnügen
Sieben Erzählungen über Leute, die sich etwas Bestimmtes in den Kopf gesetzt haben und die sich ihre Individualität erhalten wollen.
dtv/Klett-Cotta 10327

Martha Quest
Der erste Band von Doris Lessings fünfbändigem Romanzyklus »Kinder der Gewalt«. Thema ist die Geschichte der Martha Quest, die vor dem engen Leben auf einer Farm in Südrhodesien in die Stadt flieht.
dtv/Klett-Cotta 10446

Wie ich endlich mein Herz verlor
Diese elf Erzählungen sind charakteristisch für die psychologische Präzision und den kritischen Humor der englischen Erzählerin.
dtv/Klett-Cotta 10504

Eine richtige Ehe
Unzufrieden mit ihrer konventionellen Ehe mit einem jungen Beamten sucht Martha Quest nach neuen Wegen, um aus der Kolonialgesellschaft Südrhodesiens auszubrechen. Der zweite Roman aus dem Zyklus »Kinder der Gewalt«.
dtv/Klett-Cotta 10612

Zwischen Männern
»Immer sind es Geschichten über die Lügen, die Unmöglichkeiten in den Verhältnissen der Menschen zueinander, besonders in denen zwischen Frauen und Männern.«
(Die Zeit)
dtv/Klett-Cotta 10649

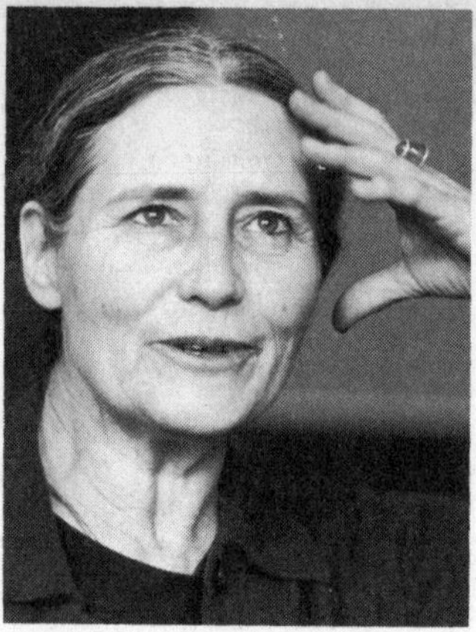

Foto: Isolde Ohlbaum

Sturmzeichen
Martha Quest als Mitglied einer kommunistischen Gruppe in der rhodesischen Provinzstadt gegen Ende des Zweiten Weltkrieges.
dtv/Klett-Cotta 10784

Nebenerträge eines ehrbaren Berufes
Acht Geschichten von der großen Liebe und dem kleinen Tod, dem kleinen Ehebruch und der großen Lebenstragödie.
dtv/Klett-Cotta 10796

Landumschlossen
Rhodesien nach dem Zweiten Weltkrieg: Martha Quest sucht in einer Welt, in der es keine Normen mehr gibt, für sich und die Gesellschaft Lösungen.
dtv/Klett-Cotta 10876

Die andere Frau
Eine auf den ersten Blick klassische Dreiecksgeschichte, die bei Doris Lessing jedoch einen ungewöhnlichen Ausgang findet.
dtv/Klett-Cotta 2598

Joyce Carol Oates im dtv

Grenzüberschreitungen

Zart und kühl, bitter und scharf analysierend, erzählt die Autorin in fünfzehn Kurzgeschichten von der alltäglichen Liebe, dem alltäglichen Haß und ihren lautlosen Katastrophen.
dtv 1643

Jene

Die weißen Slumbewohner in den Armenvierteln des reichen Amerika, die sich nicht artikulieren können, sind die Helden dieses Romans. Die Geschichte einer Familie, aber auch die Geschichte Amerikas.
dtv 1747

Lieben, verlieren, lieben

Von ganz »normalen« Menschen erzählt die Autorin, vor allem von Frauen, von Hausfrauen, Ehefrauen, Müttern und Geliebten. »Alle Erzählungen variieren die paar Grunderfahrungen vom zwar sehnsüchtig erwarteten, aber nie erreichten Glück auf der Erde...«
(Gabriele Wohmann)
dtv 10032

Ein Garten irdischer Freuden

Ein Mädchen will ihren ärmlichen Verhältnissen entfliehen. Sie tut es – nichts anderes bleibt ihr übrig – mit Hilfe von Männern.
dtv 10394

Bellefleur

Der Osten der USA ist der Schauplatz dieser phantastischen Familiensaga. Aus dem Leben der Menschen des Hauses Bellefleur wird ein amerikansicher Mythos.
dtv 10473

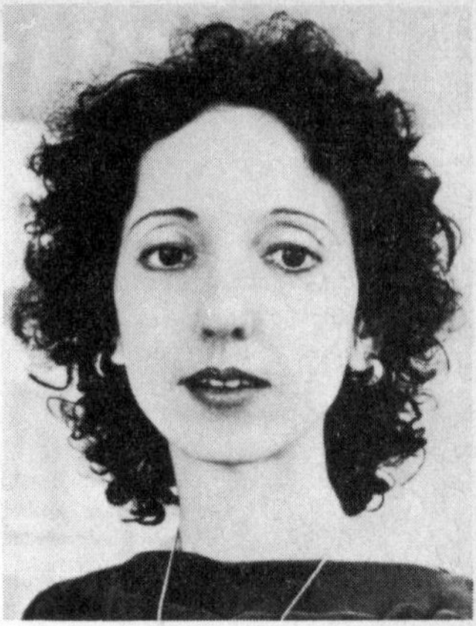

Foto: Isolde Ohlbaum

Im Dickicht der Kindheit

In einem Provinznest lebt die starke, in ihrer Sinnlichkeit autonome Arlene mit ihrer jungen Tochter Laney, deren Schönheit und Wildheit der vierzigjährige Aussteiger Kasch verfällt.
dtv 10626

Engel des Lichts

Die Geschichte einer alten Familie in Washington, die zwischen Politik und Verbrechen aufgerieben wird. Ein mit meisterhafter psychologischer Genauigkeit entworfenes Szenarium des emotionalen und sexuellen Verrats.
dtv 10741

Unheilige Liebe

Auf dem Campus einer exklusiven Privatuniversität spielen die Mitglieder des Lehrkörpers eine »Akademische Komödie des Schreckens«. Sie lieben sich, sie hassen sich, aber keines dieser Gefühle hält vor.
dtv 10840